U0062268

País de Abril

四月之国

Manuel Alegre

[葡萄牙] 曼努埃尔·阿莱格雷 著

郎思达 宋弘泽 译 姚风 校译

GUANGXI NORMAL UNIVERSITY PRESS

广西师范大学出版社

·桂林·

四月之国

SIYUE ZHI GUO

© 1999, Manuel Alegre e Publicações Dom Quixote

著作权合同登记号桂图登字：20-2023-235 号

图书在版编目（CIP）数据

四月之国 / （葡）曼努埃尔·阿莱格雷著；郎思达，宋弘泽译. --桂林：广西师范大学出版社，2024.6

书名原文：Obra Poética de Manuel Alegre

ISBN 978-7-5598-6877-0

Ⅰ. ①四… Ⅱ. ①曼… ②郎… ③宋… Ⅲ. ①诗集－葡萄牙－现代 Ⅳ. ①I552.25

中国国家版本馆 CIP 数据核字（2024）第 075287 号

广西师范大学出版社出版发行

广西桂林市五里店路 9 号　邮政编码：541004

网址：http://www.bbtpress.com

出版人：黄轩庄

全国新华书店经销

广西民族印刷包装集团有限公司印刷

南宁市高新区高新三路 1 号　邮政编码：530007

开本：787 mm×1 092 mm　1/32

印张：7　字数：60 千

2024 年 6 月第 1 版　　2024 年 6 月第 1 次印刷

印数：0 001~5 000 册　　定价：49.80 元

如发现印装质量问题，影响阅读，请与出版社发行部门联系调换。

译序：我的诗歌与我的生命押韵

1936 年 5 月 12 日，曼努埃尔·阿莱格雷（Manuel Alegre de Melo Duarte）出生于葡萄牙中西部小城阿格达，他来自一个具有自由主义政治传统的家庭，父亲是弗朗西斯科·若泽·德·法利亚·梅洛·费雷拉·杜阿尔特，母亲是玛丽亚·曼努埃拉·阿莱格雷。他的中间名取自母亲的姓，阿莱格雷（Alegre），在葡萄牙语里意为"快乐"，与"悲伤"（triste）押韵；这种强烈对比在他的诗中常常出现。阿莱格雷在阿格达读完小学，辗转于里斯本和波尔图的几所中学，最后在波尔图完成了中学教育，并与若泽·奥古斯托·塞布拉①共同创办报纸

---

① 若泽·奥古斯托·塞布拉（José Augusto Seabra），葡萄牙诗人、政治外交家、教授，和阿莱格雷一样，他也曾因反对萨拉查政权流亡法国。

《预兆》。

1956 年，阿莱格雷进入葡萄牙科英布拉大学修读法律，他是活跃的学生领袖、游泳冠军和学校话剧社的演员。当时，葡萄牙仍处于"新国家"时期，萨拉查总理大权在握，拥有任免总理权力的总统也只是他的傀儡。1958 年，时任总统洛佩斯任期将至，被迫辞去职务，因为萨拉查想借此机会换上保守党——自己的心腹托马斯。左翼领袖温贝托·德尔加多①将军则希望通过参选总统，罢免萨拉查，为葡萄牙争取民主和自由。德尔加多将军有广泛的群众基础，年轻的阿莱格雷也是其中之一。可惜的是，这年大选被操纵，秘密警察在投票箱里塞进了大量托马斯的选票，总统之位最终落入萨拉查所选之人手中。大选后，德尔加多将军被迫流

---

① 温贝托·德尔加多（Humberto Delgado），葡萄牙空军将军，外交家，政治家。德尔加多参加 1958 年总统竞选，公开反对萨拉查独裁统治，因此获得"无畏将军"的称号，这也是葡萄牙人在"新国家"时期首次争取民主的尝试。虽然德尔加多未能当选，但依然对萨拉查起到了足够的震慑作用。

亡巴西和阿尔及利亚，他的经历对阿莱格雷有极大影响。

1960年，阿莱格雷开始在自己创办的几本刊物上发表诗歌。1961年，他被萨拉查政权征召去亚速尔群岛服兵役。在那里，他与梅洛·安图内斯[①]策划占领圣米格尔岛，试图发动政变。1962年，阿莱格雷被送往安哥拉，他在那里书写战争与死亡，写下了《南邦贡戈，我的爱》、《士兵佩德罗的故事》和《泪水之歌》等一系列挽歌；也在那里书写反抗与自由，以《自由》和《我们终将在五月归来》为代表的诗篇成为葡属殖民地争取独立的历史见证。

也许正因阿莱格雷这样的经历，他的大多数诗歌，以及他自己的身份都与"战争""国家""人民"这些政治色彩强烈的词汇紧密相连。他不仅从不避讳用诗歌谈论政治，并且热衷于让自己的诗深深地扎根在社会与现实的土壤里。阿莱格雷的诗组成了一面巨大的镜子，伫立在葡萄牙的土地上，用自己

———————————

① 梅洛·安图内斯（Melo Antunes），葡萄牙军官，曾几次被派往安哥拉镇压反抗，后为康乃馨革命的核心力量。

的身躯映着祖国的轮廓。诗歌之于社会的介入，对他来说，就像一把利剑，刺进时代的心脏：剧烈地疼痛，然后迎来跳动的脉搏和意识的清醒。这种介入，或者说"刺入"，让诗歌在阿莱格雷的生活中变成"有用的"——是歌声，也是武器，能容纳祖国、解放、自由等宏大的主题。在创作中，阿莱格雷常常直抒胸臆，坚定地表达自己的政治立场，以口语化的表达配合祈使句，把书写变为呼唤和呐喊——

不要让自己枯萎，不要屈从驯服。

可以生活而无须假装活着。

可以做一个人：男人或者女人；

可以自由自由自由地生活！

（《为国歌作词》）

欧洲的"介入文学"概念来自萨特（Jean-Paul Sartre），并因萨特的推动在第二次世界大战后的十年中发展至顶峰。20世纪前半叶，国际社会经历了第二次世界大战和冷战爆发，政治环境动荡，新的阶级矛盾出现，这强烈冲击着"两耳不闻窗外事"这种传统的文学创作伦理。萨特深刻认识到文人故步自封、自娱自乐所带来的问题，于是对文学参与政治的现象作系统化、理论化的阐释，并批判资产阶级作家"为艺术而艺术"的纯粹形式主义游戏。他力主文学应介入社会政治生活，尤其应当为以无产阶级为代表的大众服务，以此试图重新弥合文学同社会之间的鸿沟。在萨特的思想中，文学应当服务社会，作品的思想应高于形式，作者应呈现完全在场的状态，并为大众写作。

当时的葡萄牙，万马齐喑，恐惧笼罩着社会。在政治社会环境以及现代文艺思潮的双重影响下，文坛涌现出许多文学流派。20世纪40年代末，形成了新现实主义文学和超现实主义文学两大主流阵营，新现实主义主张以文学的政治化来转变社会，其冲击力在小说中得到了最充分的体现，葡萄牙介入文学的传统就从这里开始。费雷拉·卡斯特罗（Ferreira Castro）是新现实主义的先声，其作品

《侨民》是葡萄牙文学中最先描写工人阶级苦难生活的作品；在诗歌领域，也涌现出卡洛斯·德·奥利维拉、米盖尔·托尔加等一大批新现实主义诗人。在独裁时期，几乎所有著名诗人都写过介入诗歌，女诗人索菲娅还曾是反对独裁统治的激进分子。在这个行列中，阿莱格雷的身影相当坚定，他要拿起诗歌的武器，将革命付诸行动。

在安哥拉期间，阿莱格雷领导了一次武装起义。因为此前的革命尝试，1963 年他被葡萄牙秘密警察（PIDE）逮捕，在罗安达遭受六个月的监禁。在散文诗《红玫瑰》中，诗人第一次描述了空间距离带给他的时间断裂感：

1963 年 5 月，我在监狱里，睡觉——但是怎么说呢？每分钟我都醒着。我患了无药可医的病。心里有什么东西永远碎了。（永远？永远是什么意思？）喊是没有用的。我真切地知道了，什么是孤独。

那时，阿莱格雷已预感到自己与祖国的分离，他追怀从前的宁静和天真，知道它们一去不复返了。空空的双手里，没有武器，只有词语。

> 曾经的时间属于水果和提琴
>
> 太阳从我的房间升起
>
> 一棵树站在世界开始的地方
>
> 那棵树站在吉卜赛前地

(《天真时代的歌谣》)

从时间持续的流动中，人类获得生存的理由和战斗的力量。在阿莱格雷看来，只有铭刻当下才是真实的——"时间的全部只为众神所有，我们拥有的只是瞬间"(《开往伊萨卡的船》)。因此，他没有让自己沉溺于追怀，在监狱里，他结识了卢安蒂诺·维埃拉 (Luandino Vieira)、安东尼奥·若辛托 (António Jacinto) 和安东尼奥·卡多佐 (António Cardoso) 等安哥拉作家，对他来说，监牢也是等待航行的岛，悲伤也可以化为力量：

我的悲伤要跑到外面大声喊叫。

要把石头掷向你们的身体，

在悲伤中腐烂的身体。

我的悲伤要狂奔，要和很多人握手。

要让街道挤满了人。

要战斗。

要歌唱。

（《我感到悲伤》）

出狱后，阿莱格雷暂居科英布拉，被秘密警察监视着。一天晚上，他在朋友阿德里亚诺的陪伴下，走在回家的路上，几句诗脱口而出：

即使黑夜再悲伤

被奴役的时代里

总会有人去反抗

总会有人说：不！

这就是《风之吟》的来历。后来，歌唱家阿德里亚诺、若泽·阿丰索和阿玛利亚先后演绎这首诗，它成为反对萨拉查独裁统治的标志性歌曲，传唱民间。当时，葡萄牙的文化和教育传播受到极大限制，葡萄牙民众识字率很低，看书读诗的人更是寥寥无几。阿莱格雷的诗具有口语化和音乐性的特征，因此在民间传播的可能性比较大。说不清是诗为了生存，还是生存为了诗，许多文字在阿莱格雷笔下并非偶然地回到了自己的源头——语言和歌唱。阿莱格雷喜爱且擅长模仿中世纪吟游诗，《风之吟》和《移民谣》都采用这种形式。在这类作品中，他的诗歌语言简洁凝练，不追求复杂的结构和华丽的辞藻；注重诗句的节奏和韵律，常常以连续的排比和名词的重复来加强诗歌节奏性和力量感，给读者带来一种重复的愉悦。乘着歌声的风，阿莱格雷成为葡萄牙广为传颂的诗人之一。

*

1964 年，迫于形势压力，阿莱格雷离开祖国。"大海曾经的主人，远走法兰西的土地"（《移民谣》），他成为当时移民法国浪潮中的一个缩影。同年，阿莱格雷去往阿尔及利亚首都阿尔及尔，开始长达十年的流亡生活。

我付出一切，但一无所获
我把祖国捧在手中
我是树，被连根拔起
我是卢济塔尼亚在巴黎，没有祖国。

我没有海，也没有葡萄牙
（它曾是我的血液、酒、汗水和面包）
塞巴斯蒂昂国王
只让我流出盐的泪水。

（《流亡的卢济塔尼亚》）

不过，阿莱格雷是睿智的行动派而非不安的沉思者，他总是想叫醒同胞里沉睡的大多数。在阿尔及尔，阿莱格雷再一次以"血肉"为动词，领导民族解放爱国阵线（Frente Patriótica de Libertação Nacional），开始接触非洲解放运动的领导人，后来各国的开国元勋。同时，通过"自由之声"电台，播放支持殖民地解放运动和反对萨拉查政权的内容，他的声音成为反抗和自由的象征。也许是因为诗歌的洞见，早在1965年，阿莱格雷就将葡萄牙称作"四月之国"，并且想以此作为自己第一本诗集的名字，后来为避免与当时的旅游指南产生歧义，使用了《歌声广场》。阿莱格雷最早出版的两部诗集（另一部是1967年出版的《歌声与武器》）很快被葡萄牙审查机关列为禁书，只能借助手抄本和歌曲流传。

除了对社会现实的直接考察和反应，阿莱格雷的诗也常常跨越时代，回望大航海的记忆、殖民历史和文学经典，把自己对个人与国家命运的思考深深扎在葡萄牙的民族之根里。在他诗歌创作生涯的每个阶段，都能看见传奇诗人路易·德·卡蒙斯[1]的影子。阿莱格雷曾出版诗集《写给卡蒙斯的二十首诗》（*Vinte Poemas para Camões*），对这位葡萄牙公认最伟大的诗人表达尊重与敬佩。他们都曾经历漫长的流亡岁月，对自己的民族怀有深沉的爱。但是阿莱格雷对卡蒙斯的化用不只是致敬与追怀，这种互文性更是批判继承、重估和再创造的过程。卡蒙斯在其史诗《卢济塔尼亚人之歌》和众多十四行诗作品中，歌颂葡萄牙人在大航海时代的勇敢、智慧与冒险精神，不仅如此，"葡萄牙中心论"也在民族主义和基督教精神混合下产生。阿莱格雷并不认为对外扩张和建立海外殖民地的历史是值得赞颂的，相反，他希望葡萄牙回归现实、专注于自身发展、实现民主、为人民带来自由，这一点在他对塞巴斯

---

[1] 卡蒙斯（约 1524—1580，又译贾梅士），被视为葡萄牙最伟大的诗人，其史诗《葡国魂》（又译《卢济塔尼亚人之歌》）在葡萄牙文学史上拥有极为崇高的地位，据说其部分章节在澳门写就。

蒂昂主义的批判中得到了充分的展现：

必须埋葬塞巴斯蒂昂 [①] 国王，

必须告诉所有人：

沉睡者再也不会苏醒了

必须在幻想和歌声中

砸碎从阿尔卡萨基维尔带回的

荒诞和生病的六弦琴。

我宣布塞巴斯蒂昂国王已经死了。

让他安息吧，

在灾祸和疯狂中长眠。

我们不再扬帆出海，

---

① 塞巴斯蒂昂（1554—1578），葡萄牙第十六任国王，在
与摩洛哥的三王战役中坠河而死。因塞巴斯蒂昂国王无
子，王室勉强找了他的叔祖父殷理基继承王位，但殷理
基也在两年之内无嗣而殁。第三年，葡萄牙被西班牙兼
并。在葡萄牙人心目中，塞巴斯蒂昂并没有死，只是失
踪了，他是"沉睡的国王"，会在葡萄牙最危急的关头
出现，是和英国的亚瑟王、德国的巴巴罗萨一样的传奇
人物。

我们门前已是冒险之地。

（《打倒塞巴斯蒂昂国王》）

塞巴斯蒂昂一世传奇的一生是葡萄牙文学从古至今永恒的主题之一。他是个极具野心的国王，狂热地迷恋扩张和战争，他曾连续发动对北非穆斯林的战争，并在与摩洛哥的三王战役中战败，最终坠河而死。塞巴斯蒂昂国王虽然战死，但许多葡萄牙人认为他只是失踪了，成了"沉睡的国王"，在葡萄牙最危急的时刻他便会再次出现。在此后数百年的漫长岁月里，尽管朝代更迭，葡萄牙王国也渐渐失去了昔日的强盛，但对这位传奇国王的怀念和崇拜，一直深深地根植在葡萄牙人的灵魂中，塞巴斯蒂昂主义也成了一种精神图腾。正如葡萄牙历史学家奥利维拉·马丁斯在他撰写的《葡萄牙史》中所说的，"对我们而言，塞巴斯蒂昂主义是民族性的遗留证明"。然而，在阿莱格雷笔下，塞巴斯蒂昂国王是一个彻底的疯子，几百年前就死了，却一直束缚着每个葡萄牙人的灵魂。所以，阿莱格雷呼吁一场迫在眉睫的变革——"必须埋葬、必须砸碎、必须杀死"这个心魔，要举起诗歌的利剑，击碎葡萄牙人对过去的沉湎、对现实的逃避，以及对别人的依赖。解救葡萄牙的责任交到了"诗人"手中："谁将敲响/葡萄牙的警钟?/是诗人：该从诗歌里/举起一把把匕首了。"将诗歌比作武器，将诗人比作战士是阿莱格雷诗歌中具有代表性的比喻之一。不管是枪炮、利剑还是匕首，都具有强烈的斗争与反抗的象征意义，当它们在诗歌中出现时，也赋予了诗歌本身一种解构的力量：重新审视历史与现实，让词语的光芒把黑夜照亮。

*

长期的殖民战争和庞大的军费开支，令萨拉查政府失去了中下级军官和平民的支持。1974 年 4 月 25 日凌晨，武装部队运动在里斯本发起政变，以不流血的方式推翻了"新国家"政府长达四十二年的独裁统治，民众将红色的康乃馨插进军人们的枪管里，史称"康乃馨革命"。"那是友情的四月，麦子的四月/……无须形容词的四月/……太阳为所有人升起的四月"（《四月的四月》），阿莱格雷这样描述道。

1974 年 5 月 2 日，他回到葡萄牙，将热情投入建设祖国的事业中。作为社会党领导人，他与马里奥·苏亚雷斯（Mário Soares）一起，推进和巩固葡萄牙民主进程，批准了 1976 年宪法并为宪法撰写序言。自 1975 年起担任国会议员，后参加由社会党组建的第一届宪法政府，任发言人和社会交流国务秘书。但是，他很快发现，革命后的葡萄牙既不是自己从前牵挂的葡萄牙，也尚未成为自己期待的祖国，"从前，我们是大海上的异乡人/如今，我们是葡萄牙的异乡人。"写于十年前的诗篇，再添新的现实意义，重建归属感成为一个紧迫而艰巨的任务，"倘若心中的水手还在/我们就会在葡萄牙找到全新的我们"（《归来》）。性格里的坚韧让阿莱格雷相信，爱和面包都来自自己的双手，而非塞巴斯蒂昂国王。自 1995 年起，他担任共和国议会的副主席和国务委员会成员；2004 年，在有史以来参加人数最多的党代会上，成为社会党总书记候选人。2005 年，阿莱格雷以独立候选人的身份竞选总统，为普通民众争取权利，获得了一百多万张选票；2011 年再次参选总统，可惜屈居第二位。如今他已八十七岁高龄，仍然活跃政界，也不曾停下写诗的手。

阿莱格雷的许多诗歌具有鲜明的政治色彩，加入革命宣传，追求对社会和生活的介入，因此，虽然他的诗歌深受葡萄牙民众的喜爱，但他的诗歌在很长一段时间内却不受葡萄牙文学评论家和学者待见，他们认为介入诗歌在一定程度上削弱了作品的文学性。直到 20 世纪 90 年代，对阿莱格雷文学作品的研究才逐渐出现，葡萄牙几乎所有的重要文学奖项也一一记录下他的名字，如葡萄牙作家协会诗歌奖（1998 年）、佩索阿文学奖（1999 年）、迪尼什国王文学奖（2008 年）等。2017 年，阿莱格雷荣获全世界葡语国家最重要的文学奖——卡蒙斯文学奖。

*

其实，阿莱格雷诗歌的目光并不局限于本民族的文化符号，同样眺望着世界文学和历史文化，特别是像《哈姆雷特》、《堂吉诃德》和《奥德赛》这样的文学经典。在阿莱格雷的诗歌国度，这些经典以象征主义的方式被改写，紧紧扣住现实，获得了新的意义。他将葡萄牙和里斯本比作《哈姆雷特》里的丹麦王国和厄耳锡诺城堡，在暗喻中揭露腐朽的社会，呼吁人民为了生存的权利奋起反抗；他将自己比作堂吉诃德，拥有他的勇气和斗志，但不会把长矛刺向风车；在被迫远走安哥拉时，他又化为尤利西斯，身体不断地远离祖国，内心却一次次回归。对于阿莱格雷而言，神话和经典文学具有双重意义，或者说双重功能：一方面，与他的其他诗歌一样，成为与殖民主义和专制独裁斗争的"诗武器"；另一方面，个人化的记忆跨越时代和民族，获得了世界性，变得更加可感，可以交流。

毫无疑问，在长达六十年的写作生涯中，战争与和平、自由与反抗、生存与死亡、历史与现实这些人类共同的话题，为阿莱格雷的诗歌奠定了厚重的基调，建筑了开阔的格局。不过，如果只用一类诗歌来定义一个诗人，未免太过草率。自20世纪90年代中期开始，更加多元化的主题进入到阿莱格雷的诗作中，既有像《夜的等式》和《乌托邦》这样对城市的描绘，也有像《玛丽安娜》和《法朵之源》这样对文化传统的回望，亦不乏像《海浪》、《食火者》和《诗与狗》这样的元语言佳作，以及《你的生命》和《泡沫》这样对哲学问题的思考。词语的飞鸟有时记录旅途，有时触碰历史，有时什么也不做，只是落在稿纸上。

把原野铺成稿纸，

这是我一直寻找的大地。

这里有长出翅膀的寂静，

也许还有面包，还有词语。

为了歌唱，

为了找到家乡。

（《稿纸》）

在阿莱格雷丰富的书写中，有一样东西始终存在，那就是对生命的吟唱。这种世界性为他的诗歌打下了可译的基础，他的作品被译为意大利语、西班牙语、德语、加泰罗尼亚语、法语、罗马尼亚语和俄语等多种语言，如今又进入汉语。既然写诗要用很多东西，我们也不必急于概括，阿莱格雷的笔还在诗歌的原野上书写，正如他在《如何写一首诗》中所说：

后来我用星辰和监牢为自由押韵

我用快乐为悲伤押韵

我用生命为诗歌押韵。

《四月之国》是阿莱格雷的诗歌首次现身中文语

境。为此，我们衷心感谢澳门大学对翻译研究计划的支持，感谢姚风教授邀请我们参与他的翻译研究计划；也要感谢广西师范大学出版社对于葡语文学的关注和认可，让本书的编辑和出版得以实现。最后想说，这一百首诗的翻译也是一次很愉快的翻译尝试，我们两位研究生译出初稿后，姚风教授花费大量时间与我们面对面地讨论、斟酌、修改每一首诗的翻译，通过近两年的翻译、定期交流和反复修改，我们完成了一次富有成效的诗歌翻译实践，一定程度上也是一次理想的文学翻译模式的探索和经验传承。诗无达诂，文无达译，敬请各位诗歌爱好者和译界同仁不吝批评赐教。

郎思达　宋弘泽

2023 年 4 月 25 日

目 录

手

手创造和平，也挑起战争。

手造就一切，也毁灭一切。

手写下诗歌——它属于土地。

手能打仗——它本是和平。

手撕开大海，也耕种农田

盖起房子的不是石头，而是

双手。手在果实里，也在词语里

手是歌唱，也是武器。

手像长矛一样刺进时间

改变了你所看到的事物

迎风而风舞的簇叶：绿色的竖琴。

每朵花，每座城，皆出自双手。

它们是无人能敌的宝剑：

自由从你的双手开始。

至简之歌

谁能驯服风的马群

谁能驯服

表层之下

思想的狂奔?

钟声诉说着压抑在内心的愤怒

祖国一触即发的

愤怒

谁能噤闭这悲伤的钟声?

雨一滴滴在玻璃窗上写下

寡居的祖国

所遭受的痛苦

谁能禁止雨的书写?

我矛尖般的手指，在歌唱中

把轻风变为所需的武器，所需的竖琴

谁又能将它们束缚？

风之吟

我向吹来的风
打听祖国的消息
风扼住不幸的喉咙
什么也没有告诉我。

我问流过的江河
多少梦随水漂流
为何不能给我慰藉
流水带走了梦，留下苦痛。

带走了梦，留下苦痛
唉，葡萄牙的江河！
我的祖国随波漂流
漂往何方？却没有人告诉我。

风啊，如果你摘掉绿色的三叶草 ①

去打听祖国的消息

就请你告诉幸运的四叶草

我甘愿为祖国去死。

我问走过的人

为何低头前行

身为人奴

沉默——便是他们的所有。

我看见绿色的枝条绽放花朵

笔直地朝向天空生长

而跪在主子前的人

我只看见他们弯下的腰。

风什么也没有告诉我

也没有人给我捎来任何消息

———————————————

① 葡萄牙民间把三叶草和四叶草视为幸运和希望的象征。

人民伸开十字架的双臂

祖国被钉在了上面。

我看见祖国滞留在

河岸，无法汇入大海

本是热爱海上航行

却注定要留在岸边。

我看见航船离港

（祖国随波漂流）

我看见祖国绽放

（绿的叶子，新的伤口）。

有人要把你忽视

又假借你的名义空谈

我看见你受尽折磨

被饥饿的黑手紧锁。

风什么也没有告诉我

只有沉默在蔓延
我看见祖国滞留在
悲伤之河的岸边。

如果我依然打听祖国的消息
人们还是什么也不会告诉我
在人民空空的手中
我曾看见盛开的祖国。

黑夜
在同胞的心中生长
我向风打听祖国的消息
风什么也没有告诉我。

但总有一盏油灯
会在痛苦中被捻亮
总有人在吹过的风中
播种歌唱。

即使黑夜再悲伤

被奴役的时代里

总会有人去反抗

总会有人说：不！

自由

在这一页我写下
你的名字，我一直把它写在胸膛上，带着它
你的名字是甜橙，是青涩的柠檬
又苦又甜。

在这一页我写下
你的名字，它由许多名字组成
水、火、木柴与风
春天、祖国与流亡。

在你的名字里我流亡我栖居我歌唱
这个是你：船。
我曾是这艘船的船员
并在你的名字里沉入海底。

在这一页我写下

你的名字：暴风雨

除了这个名字你还是：血

爱与死。是船。

这团火焰在我胸中燃烧

我为它而死，因它而生

这名字是玫瑰，是荆棘

为做自由人，我甘为囚徒。

在这一页我写下

你的名字：自由。

士兵佩德罗的故事

1.

士兵佩德罗要走了

登上我们舰队的一艘船

把他的名字绣在

一只装满空的口袋

走了　可怜的士兵佩德罗

温柔的斑鸠

不会在松针上筑巢

佩德罗他不是水手

大海本不是他的路

白色的海鸥

不会在土地里捕鱼

佩德罗他不属于这条航线

这些船要奔赴战场

佩德罗不再捕鱼

不再将网撒向海面

不再继续耕种大海

士兵挥挥手

向绿油油的田野道别

等不到收获的季节

佩德罗已在海上航行

等不到收获

那绿油油的田野

每一刻都是虚掷

每一刻都是耽搁

佩德罗已在海上航行。

夏天即将过去

九月就这样到来

佩德罗不是渔民

也不是海上采摘葡萄的农夫

士兵不会摘葡萄

在绿色的葡萄园。

走了　可怜的士兵佩德罗

把他的名字绣在

一只装满空的口袋

2.

多少像佩德罗这样的士兵

拥有的只是死亡。

就此长眠。画上句号。

名字也同他一起死去。

3.

只留下一个口袋，绣着

士兵佩德罗的名字。

谁

我不知道如何

在复活之日

从每个音节里复活，

也不知道是否

词语可以将我

从忘川遣返。

不知道在复活之日，是否

有人把我等待。也许

没有人。

在每首诗中我都举起石头

在每首诗中我都问谁在把我等待。

除了你的身体

除了你的身体，我还要你的羞怯
要你的命运、你的灵魂，想要星辰
要你的快乐，也要你的痛苦
要清晨，黄昏，还有帆船
为的是想让爱比爱更爱。

这是卡蒙斯说起过的快乐与不幸
以及我不知道的一些事物
似水一般逃出了指缝，其形可见
每当快乐几乎变成了伤痛。

走进你，如同有人离开你
就这样彼此交付，给予不可给予的
我想迷失于你，又想找到你
像一个身体融入另一个身体。

西风短歌

西风，他必定会来

他必定会来，必将带走

你写下的空洞之词

他必将携预言而来

还有那播放冬天之音的留声机

西风，他必定会来，必将抹去

这貌似永恒的夏天。

他踏着慢板的节奏而来

他的乐队，从甲板沉入海底

他必定会来，必将抹去

字迹、誓言，还有世间的虚幻。

每一句诗里都有一艘沉船

我不知哪一首诗不是大海。

里斯本谣曲

你在每个街角离去
我在每个街角看见你
是这座城市把你的名字
写在了码头
在这座城市我描画你的肖像
用太阳和特茹河

三桅帆带走了你
三桅帆丢失了你
在你缺席的早晨你抵达此地

你离我那么近，又那么远
你属于今天的昨日。

这是你存在的城市
就像一个不归人

寄托于我内心如此之深

以至于从未有谁可以替代

每日你都在归来

每日你都在离去

你在每条街逃离我

我在每条街都看见你

自旅行归来

你太阳和特茹河的脸庞

写满了病患

这是你居留的城市，

仿若一个过客。

有时我问，是否……

有时我问，是谁……

这是你存在的城市

你和一个从未抵达的人生活在一起

你离我那么远，又那么近

但从未有谁把你替代

为国歌作词

只要喉咙没有打结就可以发声。

只要没有禁止就可以去爱。

只要不是逃离就可以奔跑。

如果你想歌唱，就不要害怕：唱吧！

可以前行而不用低头。

可以生存而不用匍匐。

你长有双眼是为了仰视星空。

如果你想说不，那就和我一起高喊：不！

可以换一种方式生活。

可以将双手变成武器。

可以爱，可以有面包。

可以挺着胸膛去生活。

不要让自己枯萎，不要屈从驯服。

可以生活而无须假装活着。

可以做一个人：男人或者女人；

可以自由自由自由地生活！

青松开出的花

我本可以这样叫你，我的祖国

给你葡萄牙语里最美的名字

我可以给你以女王之名

爱你一如佩德罗爱茵内斯[①]。

可是没有形式和诗句来盛放这团爱火，

也没有河床来容纳这条河流。

一颗跳出胸口的心，该怎么形容？

我的爱满溢而出，而我却没有船。

---

① 佩德罗一世（1320—1367），葡萄牙第八位国王，阿丰索四世之子。阿丰索四世安排继承人佩德罗迎娶卡斯蒂亚的康斯坦丝公主，佩德罗却对陪嫁侍女茵内斯一见钟情，在康斯坦丝公主过世后，不顾父亲反对秘密娶其为妻。出于政治担忧，阿丰索四世于1355年命人将茵内斯暗杀于科英布拉。1357年佩德罗继位后，找出杀害茵内斯的凶手并挖心处死，将爱妻遗体迁往阿尔科巴萨修道院，以王后身份重新下葬。佩德罗终身未再娶。

爱你是一首我说不出来的诗。

是无法用杯盏盛放的美酒；

没有六弦琴，也没有友情之歌；

没有松花①，没有青松开出的花。

没有船，没有麦子，没有苜蓿；

没有词语能唱出这支歌。

爱你是一首我不会写的诗。

有一条河没有河床，一如我没有心脏。

---

① 松花，亦称松黄，春天时松树雄枝抽新芽时的花骨朵。

在千年古树的绿荫下

许多年都过去了，没有过去的是
那不可重复的唯一时刻
身体里的碎片发出的细若游丝之声
撞击金属发出的刺耳回音
火药、血液与泥土混杂的气味
葡萄牙最后一次旅程所弥漫的死亡气息
这些都没有过去。

在千年古树的绿荫下，我听见鼓声阵阵
听见狮子吼叫，子弹嗖嗖飞过
我听见灌木喧哗，矿山沉默
听见吉普车在林间小道行驶
一辆没有方向的吉普车
进行着葡萄牙最后的旅程。

我看见树林燃烧的强光，我闻到恐惧的气息

听见毒蛇嘧嘧的声音，看见美洲豹一闪而过

看见夜晚安哥拉野牛有如城市的灯火

看见伤口在股骨的空洞中无法愈合

这一切都发生在黑暗树林里一个无名之地

发生在葡萄牙最后的旅程之中。

时间高傲而又脆弱

在死亡的边缘紧张地活着

夏天的爱情，战时的爱情，失去的爱情

一处内伤，如水晶叮叮作响

许多年已经过去了，人性未改

我结束了葡萄牙最后的旅程。

在里斯本之丘

如同我有好几个生命和"我"

如同我的灵魂与肉身都已改变

在里斯本之丘,我说一声再见

有一个上帝,我不解其意的书页

无法把他容纳

而他却在我耳际回响

如同一个缺席、一个距离或者

想知道我是谁的好奇,是哪个"我"

在俯视特茹河的里斯本之丘,凝视着其他的"我"。

在里斯本之丘,我梳理思绪

越想厘清,越是迷失

在里斯本之丘,我眺望着河流

时间流逝,我渴求得到一句诗

渴求看到澎湃的历史,体验无束无拘的生活

爱才会让人拥有（我也曾拥有过）

但也存在着对立面。

在里斯本之丘，我这样写道。

在里斯本之丘，夜幕降临

特茹河是我视线的起点

一条船驶来，另一条离开

我是如此，生活亦然

人拥有万物，不过都是流逝的时间

我自己，既是那个留下的人也是那个要离开的人

怀着愁苦、遗憾和离情别意

从里斯本之丘眺望着特茹河。

几乎人人结婚生子，只有少数不会

他们会在失眠中慢慢死去

昨天，尚未过去的一个世纪前，

在流逝的河上，我们为锡安歌唱

也为身在巴比伦的我们歌唱。

有些战争永不终结：这是我们痛苦的根源。

在里斯本之丘，我还看见

不再扬帆的船，已是特茹河本身。

风景依旧，却又不同

眼睛可以原谅，时间却不肯宽恕。

爱情决定你的所见

生活是海市蜃楼，虽然

无法掉转航向令人痛苦。

回首，我已看不到"我"

缺席里斯本之丘的正是我

没有人能两次踏入同一条特茹河。

这并非想或不想的问题

没有人能在同一时刻拥有两次永恒

断断续续，回忆开始吟唱

流逝的忘川

什么都没有留下，只有一个手势，一个足迹，一个

轻吻

回忆是蒙太奇，其余的皆随风而去

没有人能回到同一条特茹河

在里斯本之丘，我不知道我是谁。

过去与现在共轭

我们经历的时光都已消逝

没有人能找回已迈出的脚步

而在世间兜兜转转中的我曾是多少个"我"

没有哪一个"我"可以说

没有哪一段支离破碎不回响着我

因此，从里斯本之丘向特茹河眺望

我问，我是谁。

南邦贡戈，我的爱

在南邦贡戈①，你什么都没有看见
在漫漫长日，你什么都没有看见
砍下的头颅
炸裂的花朵
你什么都没有看见，在南邦贡戈。

谈起广岛时，你说从未见过
每个人身上都有一个不死的死人
是，我们都听过广岛的悲歌
可是你听，在南邦贡戈
每个人身上都有一条不流的河。

在南邦贡戈，时间被塞进一分钟里

---

① 南邦贡戈，安哥拉西北部城市，由本哥省管辖。

在南邦贡戈，人们记住，人们忘记

在南邦贡戈，我因目睹死亡而赤身裸体。

你不知道，但我告诉你：很痛苦。

在南邦贡戈，有些人在腐烂。

在南邦贡戈，人们以为再也回不了家

每封信都是诀别，每封信都是死讯

每封信都是沉默，都是反抗

在里斯本也一样，生命就这样流逝

在南邦贡戈，人们以为再也回不了家。

你和我谈起广岛

却不知道这段漫漫长日

恰恰属于我们的时代，唉，在南邦贡戈的时日里

"生命"与"死亡"押上了韵脚。

终页

我要放下这本书了。再见。

我曾住过这无尽的街道。

再见了，我的街区，白色的纸页，

我曾在这里死去，又几次重生。

再见了词语，火车；

再见了，船。而你，我的同胞，

我不向你道别。我与你同行。

再见了我的街区，诗句与风。

我不再重回南邦贡戈，

我的爱人，你在那里什么都没有看见。

再见了，战场上的同志们。

我走了，却带不走你，士兵佩德罗。

你，四月之国的姑娘，
随我而来。请你不要忘记
春天。我们一起把春天
放回四月之国。

书：我的汗我的血
我将你放在祖国之上。
把提琴夹在腋下，
然后翻过这一页。再见。

动词

那是语言
带着它神秘的音乐
和名词非凡的密度
星星掉进了
副词之中
某些动词涌动着
乡愁。

这是上帝的唾液
和发情期
经血的气味
虚无之河隐藏着
幽深的暗流。

风的颜色

乌云四合

蓝变成灰

海自己也变为

风的颜色

香港一夜

在大都市的海湾，有一种怅然若失
在摩天大楼的灯火里闪烁，倒映在忧伤的水面
所有的船都拥有你四海为家的面容
你未曾谋面的脸，从你存在或不存在的国度走来。

在香港，旧金山，阿姆斯特丹或者纽约
有一种乡愁，一次转变，一阵轻风
惆怅是你的名字，也许是因为
你几乎就要抵达，却又总在途中。

因在途中，无人能找到你
除非刚好在街的转角无心一瞥
你是大都市的幽灵，你无处可寻却又无处不在
所有的城都像是你，都有一张女人的面容。

所有城市的中心都有一片白色的忧愁

大理石般拖拽之声触碰我

一阵空虚的恐惧，啊，孤独的吻

这个夜晚尝起来有你嘴唇的味道。

我因你而备受折磨：你是我的一部分却想要逃离

你乘船而去，你在摩天大楼上闪烁

你的家国，任何地图都无法容下

你属于世界，你如一声道别存在于我。

灯火在海湾摇曳，我感到焦急

夜晚的露台隐匿着偶然。

我的存在恰恰是你的缺席

而你的位置就是此处再没有别处。

风的长廊上涌过巨大的冲动

冰的尖角笼罩着失眠

都市的心脏在我的脉搏里跳动

所有的流亡都从巴比伦开始。

酷寒，以及遗忘的利刃都已来临

所有的镜子都空无一物

沉默之书中有一个不为人知的神灵

而我坐在河边，打听你的消息。

花园

这是玫瑰、绣球盛开的时节
有人为我采撷。

傍晚时分，在我的家乡阿格达
那些离家的人，在花园里散步。

旅行

曾不知南北何方，
也不知眼前西东。
在书页中迷失
只听见笔尖划过白纸
字里行间潮涨潮落
一度迷失，却又
被难以预料的词语之风引领。
迷失，只知道身在
书页之中
被陌生的水流
裹挟。

如果说，一切不过是一次旅行
那么这也是旅行，但也不是。

有人会告诉我，

这是想象的旅行。

海浪打在脸上，

我没有知觉。只有一句诗

曾谈及太多的远航。

词，一个接一个。

风，一阵阵吹过。

为什么要旅行？

有人回答我：为了旅行而旅行。

夜的等式

1.

当月亮化为六弦琴

音符在巷子里逐一起舞

我知道那就是科英布拉

夜晚的礼拜曲。

或者，当风携来一支

秘密的旋律，善信的月亮

会将它刻在石上

流动的六弦琴随后为它作词。

或者，当音符逐一起舞

月的礼拜曲

从科英布拉深处袅袅而来

带来风、词语和流动的
六弦琴，在巷子里播撒
夜晚和秘密的花瓣。

2.

总有一天，我会为你唱一首抽象之歌
当你是，仅仅是小夜曲的一个音符
是夜的等式，是沿着回廊
洒下的月光。

或者，以数字诠释这座城市
滚烫的几何体，抽象的建筑
座座拱门准确地
勾勒出科英布拉。

你的茵内斯①，没有人会杀死她

你的白杨开出繁茂的对数

泪水是你从阴影里萃取的光。

夜的平方根　一袭银装。

越是不在　越是存在。

越是具象　越是抽象。

① 茵内斯，据说佩德罗一世和茵内斯的爱情始于科英布拉
的眼泪庄园，悲剧发生之前，他们在此度过了十年幸福
平淡的生活。眼泪庄园位于蒙德古河左岸，相传茵内斯
死后，河水曾变为红色。

歌声与武器

我歌唱武器与人民

石头，金属

还有双手，它们改变自己

也带来改变。

我歌唱船桨与镰刀。歌唱象征。

我的血液是一把六弦琴

由时间弹奏。

我歌唱武器与双手。

还有词语，

它们曾是沙粒、暴雨，瞬间。

我歌唱爱。

还有记忆的

肉桂和康乃馨。

我也歌唱这样的手：

炽热地握有大地与星辰。

还有悲伤与欢庆。

血与泪。

我歌唱酒：纯粹的燃烧。

还有旅途：

航海，农耕，

工业——这场战役。

请把我找寻，在武器里，

燧石里，泥土里。

石：这是我的名字。

它写在风里。

我歌唱煤与灰，

歌唱岩洞中

熊熊篝火炙烤的羚羊和鱼

还有人披在身上的

虎皮。这是我的脸：

刻在岩石上。

请把我找寻，在化石里，

在煤层里。我的脸是灰烬，

是春天。

我歌唱武器和人民。

我的部落告诉我：

把火留住。

词语的青铜，

就是我的武器。

我的名字是箭矢。

随飞鸟消失。

巢从何处筑起，

我的歌声就从何处开始。

我的手指是时间的牧羊人。

我歌唱狩取不可能之物的猎人：

手指，改变自己

带来改变。

我歌唱麦哲伦

那双航行的手。

还有加加林

那双飞翔的手。

请把我找寻，在大海里。

请把我找寻，在太空里。

我在大地中央。

我的名字是灰烬。

飞散在风中。

我是沃土，我是种子，长成森林。

我是武器上的寒光。

我歌唱武器与时间。

我的武器就是时间。

我的手中没有武器，

我问花，问风：

你可曾见过我的祖国？

我的祖国在词语里。

我的部落告诉我：

把火留住。

我的武器

是这把剑，这支歌。

流亡

我告诉你们，我不害怕
真理比镣铐更加坚固
我告诉你们，写满诗歌的灵魂
不会被流放。

我告诉你们，我不害怕
真理比镣铐更加坚固
我告诉你们，写满诗歌的灵魂
不会被流放。

每一座关押我的监牢
都是一个岛
我要驾驭歌声的船
驶进每个人心中。

我告诉你们，我不害怕

真理比镣铐更加坚固

我告诉你们，写满诗歌的灵魂

不会被流放。

归来

纵然迷途，你终归抵达了。

不论天神、野兽，还是暴君，都没能

把你阻挡。我面前是无尽的汪洋。

你出发了。驶向大海。

在你之前，海曾是谜

你证明了，海只是海。

启程与抵达的历险

比任何帝国都更为辽阔。

从前，我们是大海上的异乡人，

如今，我们是葡萄牙的异乡人。

倘若心中的水手还在，

我们就会在葡萄牙找到全新的我们。

从卡利卡特①到里斯本，跨越盐与时间。

因为到了归来的时候，

归来，是为了在葡萄牙

寻找一片片大海里迷失的国家。

---

① 卡利卡特，又称科泽科德。早在 15 世纪，当地就形成
了自由贸易的传统；葡萄牙航海家瓦斯科·达·伽马于
1489 年到达卡利卡特，葡萄牙人因高价售卖货物受挫，
与当地穆斯林起冲突，后多次使用武力，打破了自由贸
易的氛围。中国古籍称卡利卡特为"古里"，这里也是
1406 年郑和首次下西洋的终点。

流亡的卢济塔尼亚

不是战役，不是和平：是黑暗之战。

我祖国里的祖国让我痛苦。

我是这样的民族，自己把自己放逐

我的名字里，有三叶草般的三个音节。

我雾霭弥漫。四月里有十二月。

我不曾是的那个人，在记忆里发出一声呼喊。

在我遭遇的沉船中，如果我想起我曾经是谁，

会有一个故事讲述我的故事。

我脸上满是鞭痕。

伤疤是我的勋章。

我手中捧读的是堂吉诃德，

我嘴里念着卡蒙斯的一句诗。

我是曾经出海的农夫

耕耘浪花，锄铲浮沫

为这片种植凄风与迷雾的土地，

苦寻收获的方法。

我是留在陆地的水手

耕耘着伤痕，仿佛耕耘不过是

一场打败的战争

在陆地上毁灭，抑或在大海上生存。

离去的我，永远驻留此地

我执掌一切，却不曾为王

我在一次次离开中把我留下

我曾是水手，也是农夫。

我成就了葡萄牙，又把它丢失

在每个港口，我都种下自己的标记。

我曾去发现世界，却从未发现

我要抵达的港口其实就在葡萄牙。

我曾杀戮、抢掠，但我从不欺骗

我可以告诉你们，我做过海盗和窃贼。

我就是费尔南·门德斯·平托 [①]

在朝圣的远游中，我曾是魔鬼，也是上帝。

我曾得到的不过是残羹冷炙

我目睹了人们把贪婪当作信仰。

我曾血洒疆场

但死得不明不白。

我建造了里斯本，又正在每段旅途中把它丢失

（祖国——我的佩内洛普 [②]，她还在用希望刺绣）

[①] 费尔南·门德斯·平托（Fernão Mendes Pinto，1509—1583），文艺复兴时期葡萄牙著名探险家，作家，著有《远游记》（又译《朝圣》），记录自己的探险见闻。

[②] 佩内洛普，伊萨卡岛之王尤利西斯（希腊神话中的奥德修斯）的妻子。婚后不久，尤利西斯就出征参加特洛伊战争。在长达十年的战争和十年回国途中，尤利西斯历经重重磨难；佩内洛普也想尽办法与乘人之危的追求者周旋，终于等到丈夫归来，夫妻团聚。传说，里斯本是尤利西斯在返回伊萨卡岛途中建造的城市。

我曾是尤利西斯（可怜的卢济塔尼亚：

你的里斯本和春天已被夺走）。

我的身上满是鞭痕

我嘴里念着卡蒙斯的一句诗

堂吉诃德之名，我当之无愧

但我不会再把风车当成敌人[1]。

我付出一切，但一无所获

我把祖国捧在手中

我是树，被连根拔起

我是在巴黎的卢济塔尼亚，没有祖国。

---

[1] 西班牙作家塞万提斯刻画的人物堂吉诃德，因沉迷于骑
    士小说，想做一名行侠仗义的骑士，却做了许多荒唐事。
    一天清晨，堂吉诃德在侍从桑丘的陪同下穿越平原，看
    见许多风车，并认定它们是"不法的巨人"。桑丘是个胖
    胖的农民，骑着一头毛驴，老实的桑丘坚持说那是些风
    车，堂吉诃德不加理会，手持长矛，策马向前冲去。这
    时，一阵风吹来，风车飞转，把这位骑士抡得人仰马翻。
    这就是堂吉诃德大战风车。

我没有大海，也没有葡萄牙

（它曾是我的血液、酒、汗水和面包）

塞巴斯蒂昂国王

只让我流出盐的泪水。

流亡的卢济塔尼亚（葡萄牙：围墙高筑）

如果现在死去，我知道是因为什么

让刀剑的风暴来吧。我们决一死战。

我就是葡萄牙，站立的葡萄牙！

词语

词语，多少次被追捕

词语，多少次被强暴

但不会下跪歌唱

遍体鳞伤也不会投降。

词语，多少次被禁止

这些仅存的利剑

折断了，也锋利无比

战败了，也是胜者。

我曾因词语身陷囹圄，

因为他们想把卡蒙斯的词语变成一个个奴隶。

我用词语歌唱，我活在词语里。

如果他们夺走我们的一切，还有你：

我们昂首站在词语里。

让词语的光芒把我们照耀。

四月之国

下雨的城市是悲哀的

冲击着铁栏的歌声也是悲哀的

——祖国，披着寡妇的黑衣

走在一座座城市的雨中，拍打着栅栏。

狗也是悲哀的

被牢牢拴在窝里，从三月向着四月狂吠

四月之国的春天是悲哀的

——祖国，痛苦的泥泞之路雕刻着你的轮廓。

多么悲哀：有人身穿四月，有人衣衫褴褛。

而你，一个异乡人，从外面才能看见

——祖国蓬头垢面，

披着一件碎叶缝补的袍衣。

四月之国，四月是悲哀的。

她的外表一片绿色。（四月，戴着节庆面具。）

她的内心——祖国在笑声中哭泣。

（她的所有是一场晚会。）

四月之国，四月多么悲哀。

这里有黑夜，有痛苦，还有儿童和老人

——祖国在笑声中哭泣，

欲哭无泪，双膝跪在地上。

第一首泪水之歌

我的朋友死了。我的朋友上路了。

（听说）在一个凛冽的黎明。

现在他住在一座绿色森林的教堂里。

我的朋友死了。我的朋友再不会回来。

我的朋友说（我在听），

我要去找我的那颗星。他去了，

再没有回来。我的朋友（听说）

现在他像星辰一样高悬。

而我更老了，真的老了。我的朋友死了。

现在，朋友这个词是一个悲伤的村落

是一个个等待缺席者的车站

灯都灭了（只有泪光点燃的泪光）。

我的朋友出发去了夜空

在绿色的大地上，悲伤浸泡着一把提琴

黑夜娶了新娘。

他再也不会回来。（他死了，但为了什么？）

第二首泪水之歌

听说我的朋友正哼着歌。正哼着歌，

突然，

时钟在血管里爆炸，

指针停在二十五岁。

二十五条船，二十五张地图，

二十五次不再启程的旅行。

我的朋友是爆裂的玻璃。

一，碎成二十五。

太阳与泪水之歌

哦，我的朋友，我为你歌唱
在金雀花盛开的月份，死亡在茁壮成长
你破碎如一块水晶
在惊恐的记忆深处呜咽。

我为你歌唱，在痛苦开始的月份
一颗心栖息在你离去的地方
我的歌唱噙满泪水和阳光：残酷的月份
心爱的亡魂敲响诗歌之门。

你曾对我说：如果回里斯本多好
如果是五月多好。然而你死了
五月的兄弟，里斯本成为你的远方
我的烟再也无法点燃你的烟。

我为你歌唱，我让里斯本等着你

我把你的名字写进温柔的水里

你的肖像走过每一条街巷，

五月之花开在你的笑容里。

你曾对我说：如果是五月多好

我看着你死去，我为你歌唱

里斯本阳光灿烂。里斯本如寡妇在呜咽

（泪水流着泪水）

里斯本在等你，我短命的兄弟。

我们终将在五月归来

明天，我们将离开这里
明天，城市不会再记住你的脸庞
唱给你的歌
不会在每一棵树上刻下你绿色的名字。

明天，他们将走过我们走过的地方
做着同样的事，说出同样的话
他们低声念着一个名字，疯狂喊着一个名字
死亡是瞬间的永恒。

明天，城市将看见另一张脸庞。
我们将离开这里。这座城市
不会再反对爱情
明天，恋人们将自由地走过城市。

我们将离开这里。我们将在五月归来

恋人们是城市的新颜

自由是城市的灵魂

我们也曾年轻，为她，为自由的恋人

我们爱过，奋斗过，付出过生命

我们终将归来，我的爱人

在自由的五月

在热恋的五月。

话语

我来自位于边缘的欧洲

我使用曼努埃尔风格的语言

每一句诗都是独特的地理

通向卡蒙斯，指向命运。

狂风吹打风帆。

话语回荡着大海的语符。

我的母语，海浪追逐着海浪

语法是盐和海潮

我的母语有南方的声音，旅行的音调。

有蓝色，有电光火石，海上的风暴。

还有太阳和阴影。

我的母语会看见另一片海岸。

看见象征，节奏，标记。

但再没有，再没有三桅船扬帆起航。

绿色的下午

绿色的下午

有飞鸟和黑鲈的密语

有等待破译的符号：

石头的书写

叶子的脉络

手掌的纹路

绿色的下午

西比拉敲响秘密的钟声 ①

寂静在空中蔓延

而"海"这个词依旧是远方

---

① 西比拉，古希腊女先知，可以传达神谕，预知未来。

塞巴斯蒂昂国王

在船不会抵达的海岸

总会有一处港口等待着抵达

总会有"并非如此"，或者"时候未到"

你的事实都是想象

塞巴斯蒂昂国王

是征服我们的征服者

我们的南方还有南方

一个乌有的地方

总会有别处，一个更蓝的远方

一场没有意义没有原由的找寻

那个不存在的王国

只有我们的塞巴斯蒂昂可以看见

我们总会有一个失踪的国王

过多追怀与抱负，让他忘记了归途

总会有一种生存，叫作未来或者曾经

时间里的时间，是另一种距离

祖国总是在别处

有人归来，就变成无人

总是有一种抵达永远无法抵达

那么，塞巴斯蒂昂国王又是谁？

根

我歌唱时间之根里的

空间之根。我歌唱脚步

迈出的脚步。歌声

始自我迈步之处，始自你迈步之时。

我用拥抱，一次次丈量你的怀抱：

八万九千平方公里，

我在我的祖国寻找我的祖国。

以血肉为动词

以血肉为动词，以热血为思想；

以思想为力量，以歌唱为利剑。

麦子已经播种，播种它的是行动

每个村庄里都曾是一个未来之国

一无所有的双手曾写出一个音乐之国

那个年代，战火连绵，人们风餐露宿

不是生存就是毁灭

那是 1383 年的风暴[①]，

里斯本顽强抵抗，

---

① 1383 年，葡萄牙国王斐迪南一世病危，无男性继承人，
不得已将公主贝阿特丽斯嫁予卡斯蒂利亚国王胡安一世。
后来，为防止西班牙以此为理由并吞葡萄牙，葡萄牙人
于 1385 年在古都科英布拉拥立了新王阿维斯。葡萄牙人
将 1383 至 1385 年的危机视为葡萄牙最早反对卡斯蒂利
亚干预的民族抵抗运动。

农民擂响战鼓，一把剑沾着血

在你的土地上，写下你的葡文姓氏。

祖国在流亡

你在葡萄牙寻找葡萄牙
你没有找到，也没有看见
在那里，苦难被磨得锃亮，
美好遍体鳞伤，葡萄牙
不属于葡萄牙人。

你寻找葡萄牙，和他一起
走过命运的一千种命运。
经受了切肤之痛。
巴比伦，锡安，巴黎，巴别塔
我朝圣的同胞。

无论巴别塔还是埃菲尔铁塔，
巴黎还是巴比伦。
锡安是根，植于我们的疼痛。

我的葡萄牙：没有面包的祖国，

在流亡。

在异乡的土地，忧思祖国。

被出口的祖国：是新的帝国

还是坟墓？

羸弱的第五帝国 [①]。

异乡人是我的同胞。

独自伫立河边的克里斯法尔 [②]

[①] 第五帝国，17世纪时安东尼奥·维埃拉神父在《未来之史》中畅想的乌托邦，他预言继叙利亚、波斯、古希腊、罗马之后，将出现葡萄牙所引领的基督教帝国，人类彼此和睦，平息刀兵。后来，佩索阿在诗集《使命》中继承并发展了"第五帝国"的主题。

[②] 克里斯法尔（Crisfal），一首牧歌（吟游长诗）中的人物，他与玛丽亚是青梅竹马的牧羊人，却被命运分隔两地，无法相聚。该长诗创作于16世纪中叶，作者尚无定论，有学者认为是诗人克里斯托旺·法尔康（Cristóvão Falcão），因其名字可以缩写为 Crisfal，也有学者认为是葡萄牙文艺复兴时期著名诗人贝尔纳丁·里贝罗（Bernardim Ribeiro）。

错过的若安娜，丢失的牧笛 [1]

葡萄牙的遗憾就在这里

塞纳河水一直在流淌

却无法渡走苦难。

流亡的祖国，在我心中歌唱吧

用你的饥饿，用你的疲惫

赤着脚，反抗吧

用我赤裸的声音，用我的臂膀，

用我的歌唱和利剑。

来吧，带着你的双手，你的遗憾。

带着你的痛苦来吧。让歌声

吹乱我的头发，

---

[1] 若安娜（Joana），也是牧歌中的人物，她是一位养鸭少
女，在河边编花环时，被突然出现的亚诺（Jano）吓到，
慌忙离开时掉了一只鞋。对若安娜一见钟情的亚诺，拾
起她的鞋子，为自己的鲁莽陷入自责，这时一位朋友恰
巧路过，把亚诺丢失的牧笛交给他，他没有去追若安娜，
而是等待着他们下一次相逢。

你像风掠过歌声，

燃起火焰。

你的人民曾走向大海

收获的却是苦果：盐之祖国。

不幸的是：

如今你在全世界寻找

你在葡萄牙丢失的葡萄牙。

在我的心中歌唱吧，赤裸着身体

告诉我你遭受的所有伤害。还有

那伊比利亚的苦痛

收割它，收割月亮的面包

这贫穷的面包。

在我的身体里，开辟一条长长的路。

你的心是船，是翅膀

一手执犁，一手执剑

我们走吧：是时候回家了。

你拥有过大海，拥有过虚无。

你的荣耀也带来你的恶。

你不要为了寻找丢失的东西而丢失自己：

在葡萄牙寻找葡萄牙吧。

光

光照进词语，

照亮意象的另一个轮廓。

这是一片未知的土地，

一种全新的语法。

光照进来，颠覆了副词、动词、前置词，

颠覆了这一切。

光，没有形容词，

白得刺目，近乎失明。

于是我想：我属于这里。

弗洛贝拉·伊思班卡①深褐色的音节，

发出声声蝉鸣。

---

① 弗洛贝拉·伊思班卡（1894—1930），葡萄牙天才女诗人、
妇女解放运动先驱，在诗歌中勇敢袒露对爱情的执念、
悲伤、失落与疯狂。她使女性作品第一次在葡萄牙文学
史上引起注意，是葡萄牙人心中伟大的历史人物之一。

稿纸

把原野铺成稿纸，

这是我一直寻找的大地。

这里有长出翅膀的寂静，

也许还有面包，还有词语。

为了歌唱，

为了找到家乡。

我的祖国有一个禁用词

我的祖国有一个禁用词。

她千百次被囚禁，又千百次生长。

像是一颗心，在我们身体里跳动

她有这片大海的咸涩，这片天空的蔚蓝

我的祖国有一个禁用词。

我的祖国有这样一个词语

念起来如"姐妹"这个词一样温柔

如祖国的阳光那样炽热

她明亮得如每一个清晨

尽管我的祖国悲伤得如同黑夜。

我的祖国有这样一个词语，

深夜有人将她在高墙上匆忙写下。

这个词远离了人们的语言

如此缺失的存在，如此不可抹去
她是风，写进风里。

我的祖国有这样一个词语，她保存着
未能留下的一切，未能实现的一切。
为了这个词，屈辱制造了一把枪
痛苦的时刻意味着反抗的时刻
这个词语把我们指引，把我们护佑。

这个词在青松的涛声中低语
大海在沙滩上写下她的口信
如果老水手已在我们心中死去
这个在松涛中低语的词语
还会在我们的血脉里播种另一个祖国。

在我的祖国，每个人都是一个词语
撕开黑夜和监牢：是词语的钥匙
把劳作的手变成翅膀。
她是光，是飞鸟，无法把她束缚

在我的祖国，每个人都是这个词语。

这个词语是山川，是沙滩，是风

是青松，是蓝海。是太阳。是盐。

禁锢思想是徒劳的。

在葡萄牙，有一个地下词，

风弹响所有的竖琴，将她书写。

里斯本的远和近

里斯本抱着里斯本在哭

里斯本有一座座卫兵守护的宫殿。

里斯本门窗紧闭

那只海鸥

如同人民破烂的白布衫

飞过一个个广场。

里斯本有兵营，教堂，

博物馆和监狱，有年迈的店主，

有词语跪在法院门前。

悲伤的里斯本，伫立在码头凝望

水中的里斯本，遍体鳞伤。

里斯本的太阳被钉上十字架

里斯本的枪口对准了

手无寸铁的人民

他们的武器只有风、六弦琴和星辰

——我的同胞决不跪下！

里斯本有特茹河，河上有船

监狱囚禁了船帆与河流

双手给航船抛下铁锚

唉，只有眼睛像水手打开了大海

里斯本很近，里斯本很远。

里斯本是一个令人心碎的词语

里斯本是六个禁忌的字母[①]

六只流血的海鸥，开出六朵玫瑰

里斯本被摘掉花瓣，在一个个词语里，

里斯本失去了锋芒，在一把把利刃上。

里斯本每只手都有一枝康乃馨

---

① 里斯本，葡语为 Lisboa，由六个字母组成。

里斯本解开四月的衬衣

里斯本的五月唱起了歌

歌词是红彤彤的康乃馨

里斯本不会再有跪下的人。

饮尽屈辱，饱受欺凌，

里斯本曾经被里斯本放逐。

现在她举起手臂和利剑

悲伤的清晨带来了蔚蓝

里斯本不会死去，里斯本永远坚守！

里斯本依旧

里斯本不再亲吻，不再拥抱

没有了欢声笑语

露天茶座无人光顾

也没有情侣牵手走过

广场上挤满了无人

里斯本阳光依旧明媚

但没有了阿玛丽娅的海鸥^①，也没有船

餐馆、酒吧、影院关了门

里斯本还是一首法朵^②，还是一首诗

闭门谢客的里斯本还是她自己

她依旧敞开着门

---

① 《海鸥》，由阿玛丽娅演唱的法朵歌曲。本诗写于 2020 年
  3 月，正值新冠病毒肆虐葡萄牙，与《里斯本似近似远》
  遥相呼应。
② 法朵，Fado，意为宿命，葡萄牙特有的音乐形式，通常
  由六弦琴伴奏。

她依旧是佩索阿的里斯本，诉说悲伤与喜悦

在每一条无人的街道

都有一个里斯本。

如何写一首诗

我用许多事物写诗。

我撕毁一张张肖像，

在平原上打出一口井。

我留宿于许多个记事本。

我上过战场，死了。我上过战场，死里逃生。

我写诗，用了许多事物。

你这个傻瓜，你在哪里写下第一句诗？

傻瓜，你为什么要写下这些押韵的文字？为什么？

我的姨妈死了，死得很慢很慢。

那天，我学会了作为名词的"死亡"。

我写诗，用了许多事物。

我说的是许多，而不是某些。为什么这么说呢？

比如：我曾用星辰和风暴押韵。

在韵脚中，我是自由的。后来他们囚禁了我，囚禁
　　了韵脚。
我只能用监牢与星辰押韵。
我写诗，用了许多事物。

夜晚的警铃，为什么不叫醒我？
朋友们总在半夜吹响口哨
一列列火车驶向科英布拉，满载着欧罗巴
夜晚的警铃，为什么不叫醒我？
我写诗，用了许多事物。

我穿着军装出发了。我看见里斯本
她泪流满面。一架飞机
在泪水的云朵间飞行，无法降落
我的爱人在悲伤的机场哭泣。
我写诗，用了许多事物。

我的朋友死了。我讲过这个故事。
矿难炸飞了我的朋友

树梢挂满了他的肠子

我学会了作为动词的"死亡"，第三人称。

我写诗，用了许多事物。

我看见双手沾满鲜血的士兵。

但更可怕的是，我也得去学习"杀人"

这个动词，第一人称。

从那以后，有些形容词让我非常痛苦。

我写诗，用了许多事物。

我说不出要用多长时间写出一句诗。

也无法告诉你们，要用多长时间

才能用铁扳手砸开监牢

我用星辰押韵的监牢。

我写诗，用了许多事物。

我用自由为城市押韵

（从那时起我学会很多）

后来我用星辰和监牢为自由押韵

我用快乐为悲伤押韵

我用生命为诗歌押韵。

我写诗，如一个诀别之人

曼努埃尔·班德拉说，写诗即赴死

我说，赴死的战士因歌唱而永生

如同一把小提琴在炮弹与死亡之间奏响

如同燃烧自己（也不算太糟）来点燃火焰。

我几次把自己熄灭

但总是用诗歌把自己点燃。

士兵们围坐在火堆旁。

该和他们说些什么？突然，我说：

同志们，我们就是祖国。

士兵们在火堆旁沉默。

于是我又说：葡萄成熟了。

若泽，你们村收成如何？

在我们村，大果园能有上千阿尔穆德①。

若泽，我们就是祖国，你明白吗？

士兵们在火堆旁沉默。

若泽，采摘从你的双手开始，

鲜血和葡萄酒是一样的颜色，你明白吗？

我的诗歌在火堆上燃烧，

人们唱着：我们就是祖国。

我写诗，用了许多事物。

我学会了写诗，在风中，在泥土中，

在街边，在书中。

但是从人那里，

我学会了词语的恐怖与神圣。

我把我的诗留给你们。

我把这座还没有用自由押韵的城市留给你们

———————————————

① 阿尔穆德，葡萄牙曾用的容量单位，约合25升。

我要用星辰和监牢为自由押韵

用我的生命为诗歌押韵。

我把我的诗和诗里的一切留给你们。

军队在清晨进发

军队在清晨进发

向北方，向死亡

离开罗安达，花被践踏

从罗安达到北方，把死亡带进死亡[①]。

从罗安达进发，被践踏的花

军队带着它。

一路向北方，一路向死亡

清晨，从罗安达进发。

---

① 在安哥拉独立解放战争时期，葡萄牙人在安哥拉北部建立了第一个战略性村庄，土著居民被迫离开自己的土地，集中到由军队集中看守的村庄里。后来，这一策略在其他殖民地重复。此外，在安哥拉北部，以农村游击战为主要策略的安哥拉人民联盟对白人发动袭击，葡萄牙军队与其交战行动持续了八个月。

清晨，从罗安达，向北方
军队进发
带着罗安达，被践踏的花
把北方的死亡带进死亡。

清晨，从罗安达进发
军队向北方
从罗安达，带着死亡
向死亡的北方，花被践踏。

军队从罗安达进发
向北方进发，花被践踏
从罗安达到北方
带去清晨的死亡。

进发，军队，从罗安达
带去死亡
清晨：被践踏的花
向北方进发。

爱这回事

我要向你慢慢讲述大海，

那些危险的事。向你讲述炽热的爱，

还有那些岛屿，它们仅存于爱这个动词里。

我要向你讲述，娓娓道来。

炽热的爱。爱的炽热。还有大海。

我要向你慢慢讲述航行这个动词

深藏的神秘和奇迹。

还有大海。爱，总是险象环生。

我要向你慢慢讲述

过往的甜蜜时光，爱这回事。还有大海。

我要向你描述

登上未知岛屿如何令人痛苦。

告诉你海是炽热，"爱"是动词。

我要向你讲述那些危险的事。

泡沫

无法抵达无垠，

无论是从后面、面前还是四周，

无垠之中，没有一个名字可以言说或者书写

也无人知晓藏有什么秘密。

通过"空无"一词无法抵达（空无多么可怕）

通过"万物"一词无法抵达（万物多么危险）

无垠不可视，不可言

玫瑰在有"玫瑰"这个词以前就是玫瑰。

或许在无名之风吹过的地方

在石头与彩绘玻璃窗之间，在内外之间，

弥漫着熏香与硫黄的气味，

上帝并未容身于"此刻"这个词。

近与远之间，生与死之间

多少门敞开着，也许根本没有门。

泡沫在白沙上转瞬消逝，

我只想写下一行诗。

乌托邦

白色的石灰，蓝色的线条

阿连特茹是最后的乌托邦。

所有的鸟儿飞往南方

所有的鸟儿飞成了诗行。

诗原理

凝固的画面：大爆炸。

隐喻的肖像。诗的原理。

一组组基因，血液的图谱。

只有诗，可以开始和结束。

爆炸。天体的轨道。宇宙的玻璃罩。

还有染色体。信件。人类的地形图，基因组的大陆。

只有诗，可以开始和结束。

在此之前，由谁来拍摄？

最后的地图，由谁来绘制？

你说说为什么，你从哪里来，你到哪里去。

我们将死于无法预知，

我们将死于询问太多。

只有诗，有时会回答我们。

爱的理论

爱，不止于言说。

因为爱，我在你身体上走了很远的路

我看见玫瑰在生命里盛放

我是天使和野兽，我是众人与无人。

我像旺塔杜尔①那样爱过一位公主

她离开了的黎波里

---

① 伯尔纳·德·旺塔杜尔（Bernard de Ventadour），法国吟游诗人，生活在12—13世纪。相传他自小就显露出诗歌和音乐方面的非凡天赋，因而被子爵选中作为吟游诗人培养。但不承想伯尔纳同子爵的妻子发生关系，被赶出城堡。走投无路，他鼓起勇气向阿基坦的埃莉诺（当时西欧最伟大的艺术保护人）自荐。埃莉诺友好地接待了伯尔纳，并被他的艺术天赋所吸引，与他坠入爱河。伯尔纳为她创作了大量歌曲。后来，埃莉诺再嫁亨利二世，离开法国前往英格兰。伯尔纳伤心欲绝，遁入修道院了却残生。

我的爱人，我是你的奴仆，也是你的国王

你是我眼中最远的远方。

你是贝阿特丽斯，是劳拉，是所有女人，你只是你

你裸露的身体里同时住着女王和娼妓

你是山顶的露台，望尽从意大利到利比亚的海。

我越是失去你，越是得到你

我时刻准备着，死亡和重生

在你那里失去自己，又找到自己。

听琳达为若泽歌唱

如果你们知道我朋友的消息
请告诉我，我会为他而死
我会被装进
清晨黑色的囚车。

请你们告诉我，我朋友的消息
他在黑塔里苦挨着日夜
请你们给我只言片语，让我寄给他
同街巷、微风、礼拜日和太阳一起。

如果你们知道我朋友的消息
请告诉我，我为他煎熬
他也在远方等待
用时间编织希望。

我捎给他的口信，不知能否到达

哦，悲伤的晚风，带我走吧

或者带给我，朋友的消息

他在黑塔里，苦挨着时间。

他用时间编织希望。

我把温柔拧成一根绳索

哦，风，把它抛向黑塔

好让我的朋友抓住它。

愿我的朋友抓住这根泪水的绳索

沿着它爬下黑塔

或者说，让他继续编织希望吧

没有他，我是多么绝望。

血的字母

突然，三声枪响击中了记忆。

灯灭了。黑夜。黑夜。

突然，三声枪响击中了词语，

诗人噤声，歌声戛然而止。

突然，一首诗被轰炸

一个诗人被关进了元音

诗人的周围都是辅音，

或许它们唱着歌，走进一句诗。

是手榴弹，还是火的音节？

突然爆发了战争。黑夜。黑夜。

而一个诗人沾着自己的鲜血

在地上写下：为什么？

远游记

"你听任仇人在门前壮大

却去远方寻找新的敌手"

——卡蒙斯,《卢济塔尼亚人之歌》第四章一零一篇

后来，森林做成了船。一根根树木

做成了桨和龙骨。

这个民族献出自己，为国王效力

国王在一个个岛屿上，抛下他的人民。

是你在耕种死亡，在死亡中一次次死去

每一次死亡都变得更加赤裸。

在你抵达的每一片土地上，是你一次次离开

是你一次次死去。

因为巴西的一草一木都不是你的。也没有哪一座岛屿

属于你。你扬帆出海,一次次抵达陆地,

寻找祖国,却从未得到。你一次次征战,

却被自己的武器打败。留下的只有泡沫。

你的血液浇灌着耕地。

你筑起了城墙,用一块块石头

围住自己。你失去武器,

一次次死于战场,

死于自己布下的陷阱:

落入自己编织的罗网,没有荣光。

篝火燃烧。你虚构着幽灵。

你烧焦的身体便是你的身体。

是你放下武器,走进词语,

拿起诗歌的武器。

突然，钟声敲响

突然

万物推开了

词语之门：

大地与海洋

双手与声音

你的六弦琴

你的智慧。

还有你的寂静

突然用一阵风

敲响钟声

在我血液里的所有村庄回响。

只因在你开始的地方，万物才开始

只因万物只呼唤你的名字

只因万物都书写你的故事

只因你四海通行

万物都有你用鲜血标出的价格

只因你用肩膀就可以搬动一座座城市

你拿起石头，石头就变成房子

你走进森林，树木就变成了船。

一个国家的身高是人的身高

我的国家和你一样高

因为没有什么比你的双手更为辽阔：

八万九千平方公里

还有天空与大海，所有的船，

所有的诗篇。

武器

你的沉默中有一声反抗的呼喊。

没有人听见。

你的手里有一把枪。

没有人看见。

你怀揣着一把把匕首。

没有人知道，

包括那些紧紧跟踪你的人，

打探你秘密的人。

没有人知道，

你的头脑里不再有幽灵般的空想，

只是拿起武器。

每日写诗

活在诗里是很难的，

诗总不在场。它会消失。会溜走。

它溜到了昨天，或者是明天。

日常之诗，它不愿留在今天。

必须把诗攥在手里，

警告它，不要逃跑，

不要躲藏。

让它就这样来吧：哪怕汗津津，脏兮兮

哪怕令人头疼、呕吐、流汗。

如果你不歌唱，就别像鸟一样鸣叫

你要咆哮，在心中咆哮。

诗歌是必需品，不能缺少。

无论旋律是和谐还是刺耳，

诗歌

每天都要到来。

哪怕不押韵，或者押错韵

哪怕谈论的不是诗

哪怕没有诗意

每天都要写诗。

尤其，此时此刻

万物突然化为空无

这种空无重于万物

尤其

当烈火变为冷焰

（用空无）把每天称量

诗更是必需品（诗重于万物）。

猎人

现在我知道我是一个猎人。

只是一个猎人。

我突袭、追捕、欲擒故纵，

耐心等待。等待词语

意象

韵律

还有声音和符号的组合。

很多次，我瞄准了爱情

一些离得太远

另一些靠得太近

致命的陷阱

猎人成了猎物。

历史低声走过，

曲折地穿过水边的灌木和阴影，

仿若一只山鹬。

我听见沙锥飞起时的鸣叫，

但只是抒情的幻觉在拍打翅膀，

是时间在逃逸

或许是上帝，没有意义的意义。

我知道我一无所获，猎取的只是

诗篇，风声，飞过的天使，

离群的野兽，

夜晚狍子的眼睛，

奇迹之鸟，你的双臂，

瞬间的永恒，疾跑的野兔。

现在我明白我是一个猎人

哪怕瞄得再准

总会有一枪响得太早

或是太迟

总有一只鹧鸪，受伤逃脱

一只鹧鸪在风中飞

一只鹧鸪，或许是时间，

或许是生命。

玛丽安娜

这就是她，付出所有但一无所获
只有写给自己的一封封情书。
在信中，只有她短暂的身体，
她为永恒炽燃，但永恒不会到来。

这个名叫玛丽安娜①的女人
为一个无人写下一封封情书

---

① 1669 年，巴黎一位著名书商出版了一本收录五封信件的
小书《葡萄牙情书》——相传葡萄牙独立战争期间，一
位女子与前来相助对抗西班牙的法国军官相恋，浓情蜜
意后却横遭抛弃。书出后立即轰动全法，在政界与文学
圈引起巨大反响，同时也引发学界争论：这究竟是真实
的故事，还是出自某位男性作家的虚构？直到 1810 年，
一位葡萄牙修士宣称，情书作者的真实身份是一名修女，
名叫玛丽安娜。这个故事成为流传欧洲三百多年的爱情
文学公案，为许多作家和研究者带来灵感，而作者的真
实身份至今仍未有定论。

她在每封情书中祷告，作为女人，

作为离上帝最近的人。

或许她的爱情就是她的爱人。

她写下一封封情书，痛苦的是

身体里那个缺席的身体，如此亲密而遥远。

然而，永远不会有然后。

她只为自己写下一封封情书

她爱上自己，仿若两心相悦。

舞台

多少次

我看着舞台上的

弗拉明戈舞者

她的脸冷峻，扭曲

激烈，凝重，紧绷

那是与牛对峙的斗牛士的脸。

同样的严峻，同样的博弈

同样的绝望，像一个人在爱

在写作，在死亡。

也许都是一种张力

一种逐渐耗尽的能量，直至痉挛

是得到一切，或一无所有地死去，

在斗牛场上，

在床榻上，在纸页上。

多少次我看着你的脸

变为痛苦而纯粹的欢愉。

或许死亡就是如此：蜕变

苦行

极致的张力。

像舞者的步伐骤然而止。

像斗牛士迷惑着公牛也迷惑着自己，

像诗人，要杀死诗中的公牛，

也会被公牛杀死。

或许一切只是一场赛跑，

一次狩猎，一个仪式，一种节奏，一副怪相

像你这张变形的脸，已经消失

或者就像我之于你：死在斗牛场，

死在你的身体里，死在舞台上。

阿连特茹的房子

白色的墙，干净的院子

宽大的餐桌，近乎粗糙的椅子

修道院很远，沙漠在远方

房子前，平原绵延

这严谨的房屋，有自己的美学：

实用，

朴素，

简单。

它是穷人的宫殿，

铺着自己的毛毯，摆着自己的铜器。

刚切开的面包散发着香气。

阿连特茹的房子写在平原上，
像一首诗写在辽阔的白色上。

法朵之源

法朵的来历并不重要

法朵来自法朵

或许来自佩德罗为死去的茵内斯加冕

或许是藏在门后的历史

门后躲着葡萄牙人的恐惧

你不要问它的来历：法朵就是法朵

在法朵开始之前就已经存在

如同黄金深埋于矿层

如同先有里斯本和佩索阿，

再有那句诗 ①，感官感受着伪装的情感

---

① 应该是指葡萄牙诗人佩索阿《自我心理志》中的"诗人
是一个伪装者。/他伪装得如此彻底，/甚至可以伪装出/
他真实感受到的痛苦"。

你不要问它的历史：法朵在历史之外

因为在历史之外，所以是历史的中心

是早于时间的时间，在它的时间内，

内即是外，外即是内

在飞逝与延宕的瞬间之内

不要四处寻找：法朵在这里

因为在这里，所以也在那里

法朵是现在，是过往，是寻而不得

它是，或者不是你心中的祖国

一切都从这里开始，一切都是法朵

献给科英布拉的花

让一千朵鲜花绽放。在爱情枯萎的地方
让一千朵鲜花绽放（只是这一千朵）。
在只有痛苦盛开的地方
让一千朵鲜花绽放。

让一千朵鲜花绽放
在一千朵鲜花被剑
砍断的地方。
让一千把剑开成鲜花（只是这一千把）
在每个人的手掌中。

在只有苦难蔓延的地方
让一千把剑绽放。
为抵抗爱情的枯萎
让一千朵鲜花绽放。只是这一千朵。

移民谣

他在夜晚离去，不去看
将要舍弃的田野。
身体内的一切都在战栗，
如同阿加迪尔①的大地。
即将启程的心，
像叶子一片片飘落。

他并不渴望冒险，
也不想远走他乡。
是生活迫使他远离，
来到法兰西的土地。
命运如此残酷，
即使一个男人也会疲累。

———————————————

① 阿加迪尔，摩洛哥西南部，大西洋沿岸城市。

汗水刻下的不是皱纹，

而是谬错，

是失去、眼泪和磨难。

为别人而流的汗珠，

不会得到任何补偿和回报，

只会颗粒无收。

如果劳动没有结出果实，

活着的每一天都在死去。

如果结出果实却无法收获，

活着的每一分钟都在死去。

只因命运如此残酷，

你才远走法兰西的土地。

别以为他一路满心欢喜，

他眼里装满绿色的田野，

那里有给予他一切的亲人。

他走了，却又没有走，

他仍惦念着还未收获的庄稼。

绿色的田野，绿色的忧伤；

收割着你，收割着远离的你。

这镰刀收割着你，

收割着仅存的希望。

他远走法兰西的土地，

一个男人终究要屈服。

他走了，随身带着

根的印记，带着空无之地

留给他的伤痕。

他的皮肤上刻下，

一个村庄，一片田野，一条河流。

女人们在哭，

为了那些远走的人。

啊，哭与泪

无法把他们留住。

大海曾经的主人，

远走法兰西的土地。

打倒塞巴斯蒂昂国王

必须埋葬塞巴斯蒂昂国王，

必须告诉所有人：

沉睡者再也不会苏醒了。

必须在幻想和歌声中

砸碎从阿尔卡萨基维尔[①]带回的

荒诞和生病的六弦琴。

我宣布塞巴斯蒂昂国王已经死了。

让他安息吧，

在灾祸和疯狂中长眠。

我们不再扬帆出海，

我们门前已是冒险之地。

[①] 阿尔卡萨基维尔，摩洛哥城市，即凯比尔堡，三王战役发生于此。

你们的内心，

你们的一举一动

都带着被透支的屈辱。

让狂风吹进你们的声音，

吹成呐喊和抗议，

杀死你们效忠的塞巴斯蒂昂国王。

谁将敲响

葡萄牙的警钟？

是诗人：该从诗歌里

举起一把把匕首了。

犯我者我必还以颜色，

必须埋葬塞巴斯蒂昂国王。

在蒙萨拉斯的高处

在蒙萨拉斯 ① 的高处，

亲切而又陌生，我看见

模糊的边境线

分割着葡萄牙和西班牙。

在风和麦田之间的

那片无人之地

就是我的祖国。

---

① 蒙萨拉斯，葡萄牙地名，位于阿连特茹地区瓜迪亚纳河
之侧，临近西班牙边界。

纳瓦拉

一把来自纳瓦拉①的黄金剑

老去的战士　被遗忘的战役

无人知晓它从何处而来

谁将它使用　谁将它丢失

空荡荡的墙壁上

失去武器的战士

我就是你　你就是我。

---

① 纳瓦拉，西班牙北部自治区，首府为潘普洛纳，曾于公
元824年建立潘普洛纳王国（824—1620），也称纳瓦拉
王国。

亚历山大·奥尼尔《关于恐惧的非原创诗》之变奏

老鼠入侵了城市，

挤满所有的房屋，

啃噬人的心。

每个人的灵魂都养着一只老鼠，

禁止不做老鼠。

老鼠在街上啃噬着生命。

我是人，但我在鼠洞里唱歌。

老鼠顾不上咬我，

老鼠不可能咬一个

对它们大喊"不"的人。

我用阳光填满鼠洞。

（老鼠在洞外啃食了太阳）

我用月光填满鼠洞。

（老鼠在洞外啃食了月亮）

我用爱情填满鼠洞。

（老鼠在洞外啃食了爱情）

在鼠洞里，老鼠昔日的领地，

不吱吱叫的人们在歌唱。

歌唱为鼠洞带来阳光。

（老鼠啃不动的一缕阳光）

生存还是毁灭

丹麦王国已经腐烂，

年轻人纷纷离去，只留下老人。

他们的手上沾着血的印记，

鬼魂归来，活人下跪。

丹麦王国已经腐烂了。

太阳已经在我们心中烂掉了，

风也锈蚀了我们的臂膀。

在阴影里每个脚步都留下阴影，

死的静寂卡着每个人的喉咙。

痴情的奥菲利娅，一袭白衣

长眠于水底。

她的祖国在柳树间漂泊。

哈姆雷特走到我们面前，

向我们提出生存与毁灭

这充满坚定和犹疑的问题。

等到何时？等到何时？

我们等得连等待都不愿再等了。

时间再也不会带来希望，

只有今天才是属于我们的时间。

啊，屈从是毁灭，反抗才能生存。

丹麦王国是我们的监狱，

厄耳锡诺是我们痛苦的城堡。

生存便是夺取痛苦手中的武器，

用它们去战胜那些

在厄耳锡诺城堡四处游荡的鬼魂。

海浪

一直写到文字战栗。

那么从记忆深处就会涌现

一个身体，一片海洋。

一种薰衣草和岩盐混合的味道。

一些闭音、鼻音和分音符号。

一个被另一个名字诉说的名字。

一个笔录的错误，一些印在纸上的文字。

一朵长在书法里的玫瑰。

一张脸庞、一片海滩、一排排波浪。

食火者

你吃掉了所有的语言，呕吐出火。

语法、规则和字典，都没剩下。

如果你现在开口说话，

那就说吧，就像神，

没有记忆，

也忘记了词语。

诗与狗

诗歌绝不会跑来向你乞食，

即使被驯服，

也不要妄想它像狗一样

对你忠心耿耿，或者胆小怯懦。

诗歌会在你没有防备时

狂吠，一口咬掉你写诗的手指。

你的生命

关于你的人生，人们无法理解的

不是黄金，不是权力，也不是安稳，

而是你对生命的热恋与它所带来的危险。

你追逐瞬间的张力，

你曾是个斗士，热衷改变。

在身后留下深谷与峰峦，

或许就像这团不屈的火焰，

点燃我的生命，

短暂而永恒。

诗人

一个人踏上旅途，

一部分的自己就留在了路上。

出发时完整，抵达时破碎。

一个人踏上旅途，

另一个人就永远留在了路上。

一段记忆也永远留在路上。

留在路上的

总是多过出发和抵达。

一个人踏上旅途，

另一个人永不回返。

河流离开岸就变成海洋。

啊，记忆之河：只留下影像。

一个人踏上旅途，

不过是一段绿色的记忆，

是留在绿色的河岸。

（而不是将河岸带走）

西区

欧元区允许一切。

一个国家被布鲁塞尔了，另一个被柏林了。

有天刚一起床，你就得用欧元了。

而你羸弱的国家已经被包围了。

西区：等待出售。

欧罗巴不再凝视你的面庞，

而是吮吸利息和资本的奶头，用阳光

喂养欧洲富裕的老人。

别再说"祖国"，在预算帝国里

这是个被嫌弃的禁词。

欧洲帮：这里有你，

有你们这帮坏蛋、

南部的子孙、原罪的后代。

"卡特琳娜塔号来了，船长来了。"①

一字一句，这里写就另一个欧罗巴。

一歌一曲，唱的都是盐的音节。

请原谅，我的灵魂不知悔改，

没有葡萄牙，我不知道如何做欧洲人。

---

① 引自葡萄牙叙事诗和传统歌谣《卡特琳娜塔号》，作者不详，讲述了一艘前往巴西或东方的船只的航行故事，被葡萄牙诗人阿尔梅达·加勒特收录于作品《浪漫歌谣集》（*Romanceiro*）中。根据这位诗人的说法，卡特琳娜塔号的故事改编自 1565 年从伯南布哥前往里斯本的圣安东尼奥号船只的遭遇：离开陆地不久后便遇到了海盗，船员死伤惨重，财物被洗劫一空。绝望的幸存者们在饥饿的驱使下准备以同伴为食。正在此时，船长劝说他们冷静并重拾作为人的尊严。船员们终于平静下来，并最终看到了陆地，回到了葡萄牙。多年以后，年事已高的船长坐在海边，在众人的簇拥下讲述他的传奇经历，故事的开头是这样的："卡特琳娜塔号来了，它有许多故事要讲。先生们请侧耳倾听，非凡的故事令你们吃惊……"

白马传说

一群白马带走了我，
却迷了路，因为你和我。
它们从未把你找到。
它们从未把我带来。

白马日夜疾驰，
我日夜迷失。
白马带走了我，
我从未离开此地。

白马带我穿越荒漠、
盐湖、深谷和山丘。
走过
蓝色的珊瑚岛。

它们在水面疾驰，

踏过燃烧的沙子和泡沫。

但却从未抵达

远离的国度。

一匹马是偶然，另一匹是风。

它们疾驰，把我带离了我。

我心中的白马，

我随它们而去，不再归来。

从我到你的路上

白马从未把你找到。

我日夜迷失，

白马带我离去。

葡萄牙在巴黎

孤独

在人群中看见了我的祖国

祖国是盐

四月的

轮廓

纯粹的蓝色，无产者的国度

一个无名氏走在街头。

葡萄牙走在街头

巴黎的街头。

我看见了我的祖国

从奥斯特里茨车站涌出。篮子

满地的篮子。祖国的

碎片

骸骨

四肢

我的祖国一无所有，

身无分文，

被扔在巴黎的街头。

而麦子呢？

而大海呢？

是这片土地抛弃了你

还是有人窃取了四月之花？

孤独，你和我在人群中走着

眼睛遥远得像麦子和大海

我们是多少人？十万还是二十万？

我们走着。在巴黎的街头，

我们挥舞着双手，

高声叫卖着一个个葡萄牙。

他者理论

有时，我感觉一个影子
和我坐在一起。
我不知是否有人迷了路。
我时而觉得他是别人，
时而觉得他就是我。
此时我和我坐在一起。

四月的四月

那是友情的四月，麦子的四月。

三叶草和停战的四月。葡萄酒和沃土的四月。

四月带来新节奏和新方向。

那是我的四月，你的四月。

只有热情，没有陷阱。

无须形容词的四月。四月的四月。

那是广场上的四月，人民的四月。

街头的四月。人声喧哗的四月。

太阳为所有人升起的四月。

那是斟满我们杯中的酒与梦的四月。

拿起武器的四月。行动的四月。

1974 年的四月。

那是男子汉的四月，无比勇敢的四月。

开口说话的四月。词语的四月。

四月解放了四月。

那是拿起武器的四月，康乃馨的四月。

手中有手的四月。幽灵消失的四月。

在这个四月，四月在枪管里绽放。

说

神秘在神秘中闪耀，

可说又不可言说。

我追寻隐匿，

我主宰着隐秘的王国。

不安的女士

她眼里有一颗流星。

她身上带着大海和野玫瑰。

带着你等待的所有奇迹，

以及夜莺、蔷薇、燃烧的荆棘。

不安的女士身上

有毒药和危险的味道。

这场忧郁的盛宴，只为

与你一起寻找自己，失去自己。

她有苹果和毒蛇，

上帝、魔鬼、禁忌之果，

还有原罪、毒芹和诗歌，

以及在你的祖国里丢失的祖国。

骑马者

也许我们的赞美还未开始，

但赞美仍在深夜等待着他，

而四月已经冲破我们的血脉。

也许祖母、父亲和朋友也在等待着他，

母亲还偷偷落下几滴眼泪。

也许他的人民也在等待着他，

突然陷入悲恸的人民

更容易相信神秘的事物。

他在我们身体内的某处驰骋，

越过我们身体内的

死人堆。

也许他是五月的一阵冲动，

或者九月第一批飞离的候鸟。

汹涌而来的战马，

围攻、征服，沉船后的沉船。

这一切为了什么？为了什么？

他越过我们身体内的

死人堆。

谁能够劝阻他？

为何他还要四处征伐，从不停歇？

他还在策马驰骋。

当他突然撕破我们生存的表面，

并在我们手中留下

一把剑和一朵玫瑰，

此时我知道我们会浑身颤抖。

柏林：河流与玫瑰

在柏林，我看着施普雷河上
一枝玫瑰漂过。
漂过的也许是奥菲利娅，
一朵白色的山茶花。
也许是伊丽莎白·西德尔 [①]
躺进溢满水的浴缸。
我不确定我看到的是谁，
在柏林，在施普雷河畔。

[①] 伊丽莎白·西德尔（Elizabeth Siddal，1829—1862），英国艺术家、诗人和艺术模特，曾为英国画家约翰·埃弗里特·米莱斯的作品《奥菲利娅》的创作担任模特。据说为了复刻奥菲利娅溺亡的场景，她一直躺在注满水的浴缸里，而米莱斯在浴缸下布置油灯来加热浴缸里的水。有一次，油灯熄灭了，水变得冰冷，米莱斯沉浸在绘画中没有注意到，而西德尔也没有为此抱怨，因此罹患了肺炎。

她崴了脚。

她在这里被杀死。

但是无法杀死她的笔和词语。

我读着她的词语，一朵玫瑰

在施普雷阴郁的河上漂过。

黑色的嘴

黑夜张开黑色的嘴，

发出荒漠般的声响。

暗紫的音节。

倒播的歌曲。

脆弱的线。

还有嘶哑的低语。

神在一行行诗句里倒立。

黑色的嘴。

河流的喧哗。

流血的树，颤抖的叶。

失去眼睑的飞鸟。

像一场场婚宴：

紫色的音节、盲眼女巫、阵阵蝉鸣、

嘶哑的低语、狂躁的中提琴。

夜晚，倒立的神，一张张黑色的嘴。

诗的艺术

河边
蛙声与蝉鸣。

野斑鸠，
夏日音乐。

皆是词语。

忧伤时刻的爱情十四行诗

当我离开的时候,

我要背上葡萄牙,一起走。

我的思想攥着匕首,

盐的星星在风中闪烁。

当我离开的时候,

你为我流下泪水,一粒粒盐的星星。

但那并非出于悲伤,

爱的眼泪点燃愤怒。

你将会哭泣,就像一个人也会为自己流泪。

我永远是你的人民,走在去法兰西的路上,

孤独而悲伤。

在穿过苦痛与法兰西之间是无尽的边界。

葡萄牙，我是你离家的孩子。

背上背着你和希望。

忧郁

呆望着柜子，我看见

阳光折射在上面。

我这样想：

"矩形的阴影中

有正方形的光。

这是一幅画、

一个方程式，

或者纯粹是一次几何练习？"

正当我思忖时，

太阳已经西落。

在柜子上刻下

短暂的痕迹和

深深的忧郁。

无处不在

它们在里面。

在语言里，

在行为里。

在椅子上

在抽屉里

在衣架上

在西装里。

稍不留神

它们就会

逃离肖像。

穿裤子时要小心

它们可能

藏在鞋子里。

它们在菜汤里

在苹果里

也会在葡萄酒里。

看清你走的路

因为他们喜欢

让路拐弯。

它们在你躺着的床上

在衬衫上

在袜子里。

它们在你擦身体的浴巾上

在你服用的

疏通血管的药物里。

它们在餐桌上的叉子上

在杯子里

在盘子里。

它们在里面，

它们在外面。

但绝不会留下自己的肖像。

岛屿 [1]

每篇文字都是一座岛屿，

作者追求着宁芙 [2] 般的词语。

她们娇嗔地嬉笑着逃走。

忽而探出脑袋，忽而没了踪影。

词语既野蛮又神秘。

有时顺从，有时叛逆。

她们是我的俘虏，却把我俘获。

是她们喂养我，给我力量。

在爱恋和诗歌的游戏里

---

[1] 诗题为译者所加，原诗无标题。

[2] 宁芙，希腊神话中的女性精灵。

词语是女神，也是娼妓。

词语是一场盛宴，我欢笑，我狂歌。

愿我的厄运得以休憩。

哈姆雷特对奥菲利娅说

我走进你，将看见

席巴女王 ① 手持一道彩虹。

伊西斯 ② 和奥西里斯 ③ 向我走来。

我将听到鸫鸟的歌声。

我走进你，要带着你

去那并不存在的王国。

我走进你，将看见巴拉干。

---

① 席巴女王，也称示巴女王，《旧约》中统治示巴王国的女王，在其他历史资料中也有记载，相传她与所罗门王相恋并生有一子。

② 伊西斯，古埃及神话中的健康、婚姻和爱之女神，她被奉为最完美的母亲和妻子，对她的信仰遍及古埃及、古希腊和古罗马。她嫁给了兄长奥西里斯，怀有一子名为荷鲁斯。

③ 奥西里斯，古埃及神话中的冥王，也是植物、农业和丰饶之神，其妻为伊西斯。

那里刺蓟和吸血鬼飞满天空。

有人带来一颗晨星

和写在莎草纸上的古埃及奥秘。

我走进你，两块磁铁相撞。

在你的叹息中，我甚至听到

大海的声音。

我走进你，将打开

丹麦王国厄耳锡诺的大门。

我看到奥菲利娅和死去的处女。

火在她们身上留下同样的印记。

一位国王乘船离去，

卷起一道黑色的血水。

极乐岛 ① 在远方的远方。

---

① 极乐岛，古希腊和凯尔特神话传说中被视为天堂般的岛
  屿，是众神和英雄的休息地，曾被许多诗人在作品中描
  述或提及，例如古希腊诗人荷马，以及葡萄牙诗人卡蒙
  斯和费尔南多·佩索阿。

你以玫瑰充饥，以茉莉为床。

我走进你，将看到结局：

存在与虚无，火焰与灰烬。

欲望之浪

你布满伤痕的脸上

一次次涌起欲望的海浪，

拍打着高塔。在它倾斜的地方，

我不知你诞生还是死亡。

我的手指弹奏着你赤裸的身体，

西塔拉琴^①弦上响起一支乐曲。

你的身体藏有我们共有的秘密。

当我抵达你的堤岸，在那里

告诉我谁是我们的上帝。

---

① 西塔拉琴，又称齐特琴，一种拨弦乐器。

永远归来

你的脸还有一张脸：一张脸，更多的脸。
你从前的手紧握着现在的手。
有时，第一次爱情便是最后的爱情，
在时间之前或者在时间之后。

你来自远方，太远的远方。
我认识你，因为我，因为你，
因为我们。
创世记始于你的生命，
在地球之前或者在地球之后。

关于四月之国

四月之国不是怀旧的露台，

也不是遥远的他乡。它就在这里。

看似远在天边，却近在眼前。

四月之国就在这首诗里。

四月之国有松林、大海，还有河流。

有很多人，有很多孤独。

甚至节日欢庆的也是悲伤。

它是路，是梦，也是内心的隐痛。

别在书里寻找四月之国。它不在书中，

而在清晨的子宫里。

它存在于我们的痛苦中：我们生死相依。

没有了它，我们都是病人。

一张简单的地图无法容纳四月之国。

它超越所有的道路，桥梁和纪念碑。

人们在四月之国漫游，沿着血脉的道路。

没有尽头的铁轨奔驰着生命列车。

葡萄成熟时，四月之国开始思念。

在这片土地上，每个梦想都是音符。

血脉的枝丫结出累累果实。

劳动者筑起诗歌之城。

别在历史中寻找四月之国，它不属于过去。

四月之国在每一粒葡萄的阳光里。

它就在我们面前，风告诉我们：

四月之国触手可及。

四月之国里有许多文盲，

他们不懂诗歌隐秘的信息。

所以诗歌学着风的口音，

为四月之国的人们读诗。

诗歌学习到，世界的大小

就是人们梦想的大小：

当风吹过四月之国的夜晚，

告诉了人们梦想的尺寸。

重生之身

身体重生。

歌唱响起。

我触摸，你有了呼吸。

我的血流进你的血。

歌唱是告诉你：我就在这里。

歌唱是拒绝了你对我的拒绝。

歌唱是爱。

我的心站立在时间之上。

歌唱是告诉你：我就在这里，

在我体内的人群里。

我歌唱着拒绝孤独，

拒绝死亡。

歌唱是世界的居所，

是由人到人的旅程，

是我的一块面包，是五月的玫瑰，

是黎明时孩子的欢笑。

风与叶

欧洲的街道上，树叶飘落。

又重新变绿。

人、书籍和城市都变老了。

有的国家老得太快，

有的国家长得太壮。

树叶还在飘落，

被风卷走。

古老的花园里玫瑰飘香。

张开了嘴唇，

有苹果的味道。

风卷走了落叶。

我们需要一个国家

别再说阿尔卡萨基维尔。

我们要长出新的根，

要耕耘新的土地，

要让这片土地鲜花盛开。

我们要有一个国家。

别再说扬帆起航，

寻找不存在的国度。

我们要回到原点，

回到祖国，在那里

有人出卖了独立和生命。

上帝的危险之手

萨拉马戈 [①] 说

断臂的上帝只剩下右手

所有的人都坐在

右手的右侧。

我歌唱上帝的另一只手

这只手牵着拴恶魔的绳子

时常把它拽回身边

这只手写的字总是歪歪扭扭

这是上帝的左手

是阴影之手，恐惧之手

虚无之手

是最危险的上帝之手

---

① 萨拉马戈，葡萄牙作家，代表作有小说《修道院纪事》
《失明症漫记》《复明症漫记》等。

这只手会释放出

幽灵、硫黄、战争和飓风。

上帝也用这只手攥住人的心脏

让心跳加快，节奏紊乱。

在上帝左手的左侧

坐着所有的诗人

甚至安特罗①

也坐在那里。

上帝用左手摇动着世界

创造暴雨、烈火、巨浪

和骇人的地震。

说上帝只有右手，这不是真的

上帝也有左手

还是个左撇子。

---

① 安特罗，指安特罗·德·肯塔尔（1842—1891），葡萄牙
  诗人。他在诗歌作品《在上帝手中》写道："在上帝的右
  手中 / 我的心终于得以安歇。"

马亚 [1]

你举起手臂，呼唤自由与解放，

开启了这纯洁的初始。

你的身上有象征与符号，

你的心里有不屈的英雄。

他们沉溺于争权夺利，

而你却嗤之以鼻。

你是征服者，怀着不可征服的梦。

你是英雄，不与鼠辈为伍。

你来到这里，就不再离去。

这座城市有了新的脸庞。

---

[1] 萨尔盖罗·马亚（1944—1992），葡萄牙军人，葡萄牙武
装部队运动的队长之一，将葡萄牙从独裁政府的统治中
解放出来的"康乃馨革命"的发动者之一。

人们说你是从圣塔伦 ① 来到这里，

带来了剑和自由之花。

---

① 圣塔伦，指葡萄牙中部内陆的圣塔伦区。1974 年 4 月 25
日，萨尔盖罗·马亚所率领的装甲纵队正是从圣塔伦出
发，发动革命。

三十块钱

他们把心脏挂在

公共市场的寄存处。

他们穿着周末才穿的便服。

他们没有脸，

却挤出笑容，满脸的笑容。

这笑容来自镜子里的那堆腐肉。

他们说着水蛭般的词语。

他们的腰弯得很低。

他们的手像不贞的婊子。

他们没有灵魂，

他们把灵魂也挂在了寄存处。

他们看上去还真像人，

但最多也就值三十块钱。

希望书店

有些人可以

在不开花的地方

开出花来。

有些人打开了

老房子多年紧锁的旧门。

还有人拆掉了墙壁

在广场上点燃一朵火玫瑰。

而你只是卖书，

把心放进每一本书里

交给每一个人。

九月挽歌

蓝色的

时间机器停止了运转，

有时它会把九月的落叶

装进隐喻。

除了忧郁，什么也没留下。

天使不会从树上降临。

顿德精灵^①也不会踩着秒针到来。

候鸟开始迁徙，

把夏日最后的羽毛

留在晨雾里。

---

① 顿德精灵，一种在伊比利亚半岛、拉丁美洲以及菲律宾民间传说中的类人生物，被视为居住在房屋中的顽皮精灵。

我感到悲伤

我有重要的事情要告诉你们，

但来不及了。我要走了。

你们继续泡在酒精里

借酒浇愁吧。

我的悲伤没有杂质，

无法在浊酒中藏身。

我的悲伤要跑到外面大声喊叫。

要把石头掷向你们的身体，

在悲伤中腐烂的身体。

我的悲伤要狂奔，要和很多人握手。

要让街道挤满了人。

要战斗。

要歌唱。